백이석 시집   그대 향기에 세상도 아름다워라

가막만 남자
여자만 여자

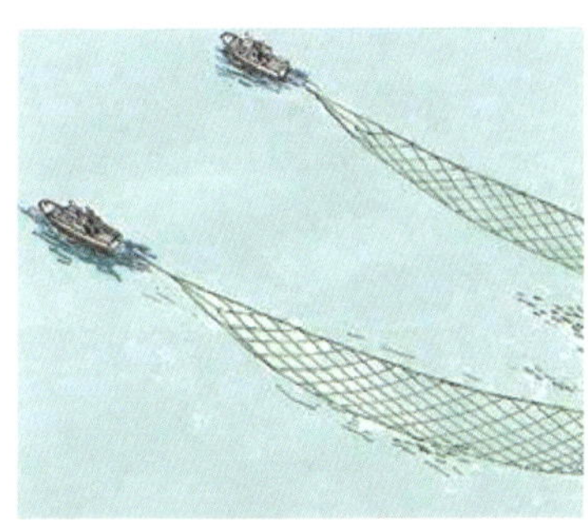

도서출판 성언

나에게 글쓰기는 간절함이다.

"내 꿈에 한 발 더, 내 꿈에 하나 더" 슬로건이 마음에 와닿는다

코흘리개 시절 나진 앞바다에 큰 배가 들어오면 작은 종선에서 큰 배로 옮겨 탄 기억이 난다. 초등학교 4학년 때 전기가 들어왔고, 책보도 매보고, 검정 고무신을 신어 보았다. 방학 때면 말거리 산에 소 풀어 놓고 비봉산 정상에 올라 가막만을 내려다보고, 붉게 물든 여자만 석양을 보면서 생각에 잠기곤 했습니다. 정겨운 시골 추억과 풍경들은 지금의 글쓰기 소재의 풍부한 원천이기도 하다.

면사무소에서 글 잘 쓰기로 명성이 잦은 부친의 영향으로, 한자 쓰기와 글 쓰는 습관을 배웠고 어머니의 헌신적인 사랑을 받으며 자랐다.

꽃을 좋아하는 사람은 그 꽃을 꺾지만, 꽃을 사랑하는 우리 가족은 물을 준다.

꽃보다 사랑하는 우리 가족 아내 김진희, 아들 인수, 인선, 며느리에게 사랑한다는 말과 함께 첫 시집을 바친다.

그동안 문학 여정에 많은 지도 편달을 해주시고 본 시집을 감수해 주신 배성근 회장님을 비롯해 "아카데미 평생교육원" 지도교수님, 시와 늪 회원 및 전국의 태권도 가족에게도 감사드린다.

'그대 향기에 세상도 아름다워라
"2026년 병오년 봄 비봉 산 자락에서 백이석

7부. 섬, 여수의 진격

8부. 새벽을 여는 사람들

백이석 시집 평설

| 1부 |

뻘배

가막만 남자, 여자만 여자

가막만 남자들은
어둠을 뚫고 바다를 누빈다.

해 뜰 무렵, 해 질 무렵
불빛에 모여드는 멸치 떼를 따라
그들은 밤의 바다로 들어선다.

불빛 하나에 어군이 모이면
배들은 학익진처럼 양편으로 벌어지고,
임란(壬亂)을 지킨 거북선의 기개가
물결위에서 다시 살아난다.
누가 이들을
이순신 장군의 후예가
아니라고 하랴.

동이 틀 무렵
만선을 알리는 오색 깃발을 달고
그들은 개선장군처럼

선창으로 돌아온다.

잠시 눈을 붙인 뒤
해가 다시 기울면
말없이 또 바다로 나간다.

한편 서쪽 바다에서는
여자만 아낙들이 줄지어 나선다.
뻘배에 몸을 싣고
스르르 뻘밭 위를 미끄러지며
"돈 줍는다"는 소리에
웃음꽃이 번진다.

장렬하던 태양이
힘을 내려놓고 지는 시간,
동서의 바람이 만나는
비봉산 정상에서는 낮과 밤의 요정이
교대하듯 오가는 순간을 내려다본다.

어슬녘 붉은 하늘,
꽃노을이라 불러도 좋으리.

가막만 남자는
배 띄워 고기 잡고,
여자만 여자는
뻘배 타고 삶을 건져 올린다.

그렇게 서로의 하루가
바다 위에서
저녁 노을처럼 빛난다.

*가막만은 전라남도 여수반도· 화양면· 돌산도, 화정면 등으로 둘러싸
  인 만(灣)이다.
*여자만(汝自灣)은 전라남도 여수시 화정면의 여자도를 중심으로 화
  양면, 소라면, 율촌면, 고흥군, 보성군, 순천시 지역에 걸쳐 위치한
  만이다.

멸꽃(멸치 꽃)

바다로 꽃구경 가세
해 질 무렵 가세

가막만 밤바다가 시끄러워질 때
하얗게 멸 꽃이 피어난다네.

불빛에 홀린 멸치 떼가
튀어 오를 때
그 모습이 국화꽃 같다고 하여
붙여진 이름

별을 보며 나가
별이 지는 새벽에 온다네.

깊어 가는 여름밤
가막만의 밤은
낮보다 분주하고 아름답다.

별을 보며 나가
별이 지는 새벽에 온다네.

가막만 해돋이

밤이 다 개었는지
바다가 먼저 숨을 고른다.
돌산 너머서
붉은 기운 하나가
물 위로 슬쩍 발 디딘다.

서두를 것도 없고
밀어낼 것도 없제.
해라는 게 원래
저러코롬 오는 것이여

멸치 비린내 섞인 바람이
코끝 스치면
어릴 적 이름 하나가
슬그머니 치고 올라온다.

누가 부르는 것도 아니제만
가슴께가 먼저 안다.

파도는 말 안하고
부두에다 툭~
몸 한 번 부딪치고
"나 살아 있제" 그 말만 혀

해는
어제 고단한 거
바닷물에다 다 씻어부러서
금빛으로 다시 일어나고
바다는 그 빛을
품 안으로 끌어안고
오늘 문을 연다.

고향이란 게 말이여
말 붙일 것도 없이
먼저 생각나부러서
사람을
하루 맨 앞자리로
가만히 앉혀부는 거여

여자만에서 본 석양

바다는 말이여,
오늘 하루도
그냥 접어 불더라.

노을이란 것이
어망 붉게 물들여 갖고
수평선에다
슬그머니 걸쳐 놨제

파도는 또
그 빛을 그냥 안 놔주고
한 번 더 흔들어 보고
말려 불고

배들 하나둘
포구로 기어들어 오면
그늘진 등짝 위로
해가 아무 소리 없이

툭~내려 앉아불제

소금기 묻은 시간들
그거다
바닷속에다 묻어 두고
오늘은 오늘로
덮어 불자는 거여

아무 말 안 혀도
헤어질 때가
꼭 눈물 날 일만은
아니란 걸

여수 앞 바다 석양은
입으론 안혀도
몸짓으로 다 일러 주더구먼.

어촌밥상

바다 한 번 댕겨오믄
손이 먼저 안 쉰당께

말은 뒤로 두고
밥상부터 챙긴다

갓 지은 쌀밥
김이 나제
서둘 것도 없응께
그냥...
천천히 오른다잉~

금방 건져 올린 우럭
매운탕에는
툭 눌러 앉히믄
불도 안 키웠는디
고추장 색이
먼저 살아난다잉~

뻘배 타고
갱물로 다녀온 꼬막은

진흙 냄새 툭툭 털어내고
소쿠리 안에서 한숨 돌린다

아직은...
말도 안 허고 있제
갈치 한 토막
말없이 얹히고
멸치볶음엔
낮에 남은 해가
조금 들었다

김 위에 얹힌 소금은
바람 맛 그대로여라
호화시런 건 없응께
허기도 그리 오래는
붙어 있질 안 허고

오늘도 바다는
밥이 돼서 말 없이
식구들 사이로
천천히 돌아온다잉~

뻘배

뻘배는
아침마다 갯벌에 엎드려
잠투정하는 애기 같아
눈 비벼가며 기지개 켜제

갯벌은
뻘배의 오래된 이불 같고,
진흙은 바다에서 띄운 편지지라

뻘배는
달팽이처럼 느릿느릿
꿈을 끌고 간다.

노 대신
게 집게발이 반짝거리고
조개 한 바구니가
오늘 바다 일을 대신한다.

20 | 가막만 남자, 여자만 여자

물이 오면
뻘배는 말없이 일어나
"이제 가자, 허벌나게"
파도한테 등을 맡긴다.

뻘과 물 사이,
그 좁은 길에서
뻘배는
어른처럼 하루를 건넌다,

섣달천 영 트는 날

영 트는 날이면
경운기 타고 온 아낙들의
발걸음이 분주하다

집마다 한 분씩 나와
갯벌에서 바지락을 캔다
굽은 허리로 어그적 어그적 걷지만
손 쉴틈 없다.

썰물이 소리 없이 빠져나가자
아낙네들이 갯가로 밀물처럼 모여든다.

한 가구당 20키로그램
청정해역이라 깨끔하고
여물지다
그래서 맛이 더 좋지라

봄철에는 바지락 캐고

가을철에는 꼬막을 캔다
여자만 달천 갯마을은
일 년에 두 차례씩 영을 튼다.

갯벌도, 사람도
한데 어우러져 살아간다.

어촌의 새벽

밤이랑 낮이 갈라질 때
파도는 허벌나게 숨 고르고,
포구 등불 하나씩 꺼지든
안개가 슬쩍 말 걸어 온다,
거시기

그물에 붙은 별빛 털면서
손등엔
어제 피곤이랑
오늘 살아갈 거시기랑 겹쳐 있지
아이구.

갈매기는 아직 꿈속에서 뒤척이고
엔진 소리만
새벽 깨우는 종처럼 '땡땡' 울린다.

바다는 늘 먼저 일어나
사람들 하루를

조용히 떠밀어 올리는데,

파도는 그 등짝 두드리며
“오늘도 죽지 말고 해라,
알것제?”

뻘게의 일상

새벽이 오기 전이라
갯벌은 아직 꿈 속 얼굴이고
뻘게는 집게 접고
물숨결 허벌나게 먼저 듣더라

밀물이 오믄
몸 낮춰 길 지우고
썰물이 오믄
어제 발자국 또 펼쳐 보이더라

해가 높아지믄
그늘은 짧아지고
뻘게 하루도
집집 사이로 오락가락

누군가한테는
한 줌 생명 밖에 안 되지만
갯벌한테는

오늘도 성실한 노동자라

집게 하나로
파도 밀어내며
뻘게는 말없이
자기 몫 시간 지키더라
허벌나게 묵묵히

여수 밤바다

가로등이 파문처럼 퍼져나가고
별빛은 물 위에 먼저 닿아
늦게야 하늘로 돌아간다.

포구 숨결, 젖은 밧줄
파도는
허벌나게 낮은 목소리로
하루 피로를 풀어주는 갑다.

배 한 척이 천천히 꿈 싣고
검푸른 밤을 건너갈 때
바다는 말없이 길어 돼 부렀다.

여수의 밤,
빛하고 그늘 사이에서
마음이 제일 조용해진다.

섬섬 여수

남쪽에 와보니
섬과 섬들이
지천으로 널려있다.

바다를
앞마당으로 두고

어부를
형제로 삼은 덕에
누리는 호사

이곳 섬에서
평생 살아보는 것도
좋겠다 싶다.

이 섬은 묻지 않는다
"왜 왔냐고"

초록 융단

노을 맛집

뻘배가 석양을 안고 걸음을 재촉하며
속속 포구로 돌아온다
여자만의 드넓은 갯벌
노을이 내려와 무대에 앉았다

세상을 향한 화려한 빛의 파노라마
연주는 시작됐다

은빛 구슬 쨍그랑
황금빛 노을 황홀한 해넘이 쇼
하늘이 세상에 보낸 큰 선물

뜨겁게 달군 무대 위에
남도의 인심
푸짐한 한 상 차려 놓으니
노을 풍경 안고 저녁 만찬 중이다

이곳이

소문난 노을 맛집이로세

화려했던 무대는
팔영산 고개 넘어 어둠 속으로 잠긴다

그 사람은 몰라도

그 사람은 몰라도
나를 사로잡는 그 미소
방긋방긋 피어나는
아기 웃음꽃

그 사람은 몰라도
나를 사로잡는 그 미소
새봄이면 피어나는
내 마음의 꽃

그 사람은 몰라도
나를 사로잡는 그 미소
그대 향기에 피어나는

온 세상의 평화

봄길 따라 꽃길 따라

광양 매화마을에서
봄소식을 띄웁니다

전라도, 경상도 다 아우르는
섬진강 따라
봄 아가씨 벚꽃이
화사한 옷 날리며 수줍듯이
흩날리며 춤춘 다

노란 꽃물결 일렁이는
구례 산수유 마을
영원불멸의 사랑 차고도 넘쳐
꽃향기 한 아름 품어

봄기운이 살랑살랑
봄바람 등에 업고
지리산 천왕봉 정상까지
봄소식 전해주네

함구미에서 두포 가는길

긴 장마 후
금오도 첫 번째 비렁길
함구미 숲길로 접어든다

신선한 공기와 허물 벗은 달팽이
골짜기에서 흐르는 물
습해진 숲모기까지 우리를 반긴다

숨도 거칠고
이마에 땀이 송골송골 맺힐 즘
짙푸른 바다가 시원한 파도를 몰고 옵니다

미역 널방이다
기암괴석과 낭떠러지
산과 바다의 만남
거대한 파도는 바위에 부딪혀 하늘로 치 솟는다

비갠 상쾌한 아침
짙은 숲 솔바람 소리
좁은 비렁길
아카시아가 누워서 길을 가로막는다
잠시 쉬었다 가라고

대나무 터널이 환영하며
나를 낮추라 하네

숲길을 빠져나오니 너른 벌판이 펼쳐진다
자욱한 안개가 눈앞을 스치며
병풍처럼 솟은 대부산 아래
보조국사가 지었다는 송광사 절터를 지난다

비렁길 쉼터
아따! 언능 안 들어오고 새막에서 시방 뭐 더요
막걸릿병 울타리가 인상적이다

방풍 파전에 막걸리가 유혹한다
지금은 사라진 *초분이 있었던 곳을 지나
신선대에 이르니
너른 바위에 가부좌로 명상에 잠겨본다

지나온 길을 다시 볼 수 있는 곳이다
좁은 숲길 동백군락지
내리막 숲길에 이르자

드디어 두포 마을에 도착이다.

*초분 : 초빈· 가빈· 초장이라고도 한다. 입관 후 출상한 뒤 관을 땅이
　나 평상 위에 놓고 이엉으로 덮어서 1~3년 동안 그대로 두고 명절
　이나 기일에 간단한 제사를 지내면서 초분의 이을 해마다 새것으로
　바꿔준다. 초분에 모셨던 시신은 뼈만 추려 묘에 이장한다.

바람의 빗질

볕이 초록을 얹어
아이의 웃음처럼 해맑고 싱그러워
너울너울 춤춘다

보리밭 샛길로 열린 하늘
바람에 몸을 맡긴 채
서로의 몸을 비벼댄다

풋풋한 청춘이 타오르나
하늘과 맞닿았나
보릿대가 누워버렸다

훠이~ 훠이~
속 타는 주인 맘도 모른 채
창공의 종다리 찌이지크 찌이지크

바람이 빗질할 때마다
나날이 영글어 가는 이삭이
꽃봉오리 타고 일렁이고

거친 살점 훑어내니
사타구니 콕콕 찌른다
까끄라기는 보리의 추억이다

초록 융단

가녀린 봄 처녀의 화려한 외출

머리카락 풀어 헤쳐 목덜미를 휘감아 맴돈다
헝클어진 가닥마다 초록 꽃 피어
물살을 유영(游泳)하며 나풀거린다

썰물에 쓸려
반지름 한 얼굴 내밀어
광야의 세상에 생명이 꿈틀거린다

낙조(落照)에 물든 해변
두 손 꼭 잡고 석양 노을 바라보는
노부부의 인생을 닮았다

밀물이 밀려오면
가녀린 몸짓으로 하늘거리는
여인의 고운 춤사위는

한 서린 파도와
끊임없이 부서지는 포말처럼
떠도는 혼백(魂魄)이여

공명의 소리

하얀 포말이
온갖 힘을 토해내며
파도 타고 밀려오면

갯내 품은
소라껍데기
바다소식 들려준다

바다가 살아 숨 쉬고
바다가 사랑을 속삭인다

내 귀는 오꿈오꿈
소라껍데기
바다소식 그리울 때

소라껍데기는 공명으로 남아
나의 작은 집이 되었다

성냥개비

붉게 꽃단장한
입술 내밀고
네모난 좁은 곳에
올망졸망 붙어
자유를 갈망한 너

운명처럼 다가온
그녀와 달콤한
입맞춤
첫사랑의 뜨거운
불꽃이 튄 다

여수의 만세소리

일출

해가 뜬다
새해가 열렸다
묵었던 짐 떠나보낸 지 몇 시간
일출에 새로운 정기 소원 빌고
새 희망의 가슴 열고파 새로운 태동을 맞이한다
일출이 바다 저 밑에서 화산이 폭발한 듯
주위를 붉게 물들여 솟구쳐 오를 기세다
황급한 눈빛은 너무 바빠
차 하나 없는 태동의 바다 위
넓은 고속도로를 무섭게 달려간다

숨 고를 시간조차 주지 않고
닭 쫓던 개 지붕 쳐다본 신세
앞에 펼쳐진 강렬한 태양의 기운
당장이라도 눈 속으로 빨려 들 것만 같다
거대한 용광로 되어
이글거리며 태동하고 있다
태양은 벌써 중천에 떠올라

어둠을 깨우고
세상도 깨우고

여수의 만세 소리

3월의 한을 어찌 잊으랴

빼앗긴 내 조국을 찾고자
총칼 앞에도 두렵지 않았던
만세, 만세 대한독립 만세
피 토하며 외친
숭고한 넋이여

깨어나라!
대한민국의 후손들아
나라 잃은 치욕과 설움
일제 35년을 기억하리

눈 녹으면 봄은 오나니
보라! 들리느냐
3월 1일 만세 소리를

광명 찾았노라

찢어진 살과
핏물로 지켜낸
우리 땅 우리 조국

윤형숙 열사여
그 희생
그 정신
우리는 기억하리다
천년만년 불꽃으로

한반도 여행

늪에 담긴 한반도 형상
그곳은
철책선도 없다
못 갈 곳도 없다
아름다운 내 조국
한반도 사랑 듬뿍 담아
허리춤엔 도시락 둘러메고
늪 여행을 떠납니다

수초 위를 걷는 순간
물방개로 변신해 버렸다
발에 와 닿는
솜털 같은 촉감은
포근한 어머니의 품속과 같다

딱히 정해 놓은 곳도 없다
시간에 쫓기지도 않는다
 쉬엄쉬엄

자유로운 한반도 어디면 어떠하리

강 건너
친구가 그리우면
나막신 띄워
그 마음 실려 보내면 되지

물방개는
지금 한반도 여행 중이다

아카시아 꽃

뻥이요, 펑 펑
팝콘이 아카시아 가시에 찔려
새하얀 함박꽃 피웠네

송알송알 하얀 송알
아카시아꽃 진한 향기
순풍에 실어 두둥실
윙 윙
꿀벌에게 들켜 버렸네

저만치서
훠어 훨 하얀 나비
날갯짓하며
빨리 오라고 윙크하네

아카시아 동네에 꿀 잔치 벌어졌네
꿀단지 아카시아꽃
눈꽃 되어 사방에 흩날린 다

하늘을 나는 꿈

부끄럽다고 밤에 피어나
해 뜨면 말려 버리는
하늘이 좋아
하늘에 오르는 꿈을 꾼 다

머리를 풀어 헤친
순백의 머리칼은
어 여쁜 신부의 모습이다

화관의 갈래 조각은
실처럼 풀려
얼레에 감아둔다

하늘을 나는 소망
자유를 갈망한 독수리의 비상
천국의 날갯짓이다

무명 학도의용군 !

백척간두 위기에서 펜 대신 총을 잡았다
전투복도 군번줄도 없다
교복 입고 총 쏘는 법만 배우고
총알이 빗발치는 고지를 점령하고자
열다섯 열일곱
꽃다운 청춘

죽음이 뭔지도 모른 다
이름 없는 학도의용군
오로지
국가란
조국이란 이름 하나로

최후의 저지선
왜관과 다부동 전투 시산혈아
낙동강아, 낙동강아
넘쳐다오. 넘쳐다오
적군이 얼씬도 못 하도록

아직도 끝나지 않은 비극
6.25 72주년을 맞아
님들의
애국정신
고귀한 희생정신 기억하리니
나라를 살려주신 영웅이시어
편히 잠드소서.

동심의 세계로

어둠이 도시를 품을 때
고향집이 그리워
뒤척이다 잠들면
엄마의 향기가
방 안 가득 넘친 다

무명 솜이불
나를 보듬고 꿈길 속
엄마의 품으로 데려다주었다

비단이불처럼 포근했던
엄마의 가슴에 얼굴을 묻고
하늘보다 더 넓은
사랑에 안긴다

햇볕이 참 좋은 날
빨랫줄에서
오줌 싼 솜이불이
춤을 춘다

유별나게 오줌을 많이 싼
어릴 적
동심의 세계로 가는 추억여행

몰상개에 핀 갯쑥부쟁이

망망대해 바라보며
고기잡이 님 그리나

평온한 몰상개 갯바위
흙 한 줌 없는 바위틈
햇살과 이슬 먹고
그리움만 품고 사네

님 그리다
님 기다리다

붉게 물든 섬
하늘 바닷바람에
흠뻑 젖는다

*몰상개-여수시 화양면 마상마을,
말을 방목할 때 산에 굴을 파서 말을 잡았던 그 산아래에 있는 개
  (바닷가라는뜻)

인고의 삶

하천의 천덕꾸러기

자갈 틈 사이사이
무겁게 짓눌린
삶의 무게 밑으로
버젓이 뿌리내린 질긴 생명력

히말라야 정기를 고스란히 품어
맵고 질긴 맛을 품고 있네

삭풍에 얼어붙은 인고의
시간들은
따스한 봄날이 되어
너를 만나겠네

노란 미소로

원앙새 사랑 타령

윕 윕 괏 괏
원앙새 울음소리
꿈속에 소곤소곤 속삭이게

오색 빛 깃털 돛 세워
사랑의 세레나데 부르리

새침데기 아가씨의 요염한 자태에
금반지 물고 와 사랑을 구애한다

빙글빙글
잔잔한 호수에 파동이 인다

친구들에게 미안했는지
으슥한 곳으로 멀어진다

이끼의 행복

침묵의 바위는
지금 추운 겨울이다

아무도 찾지 않는
목석같은 바위 위에
뽀송뽀송 솜이불
바위 위에 행복을 덮었다

베풀어서 행복하다
이끼의 행복이다

늙은 호박과 자야는 둥근 가슴이다

천연방석

온몸으로 촘촘히 가시를 내민
사연 많은 가시연꽃
수억 년의 기나긴 세월
내 몸은 내가 지킨다

연초록색 오목한 그릇 모양으로 피어나
천연 방석 가시연잎 온 늪을 덮었다
개구리들의 합창
별들을 불러온 다

악어 등가죽 같은
커다란 잎 사이 뚫고
솟아오른 가시 꽃대
긴 목 내밀어
곱디고운 자줏빛 피웠네

가시연꽃의 사랑

백 년을 사랑하고서
천년을 꿈꾸어도
님 향한 사랑 영원불변하리

연꽃은 스님을 많이 닮은 것 같다

고인돌 별을 새기다

새 희망 새 아침

침묵의 석양은 새 희망이어라
떠나보내니 알 것 같은

충만했던 묵은해 송별하고
하늘빛 은총의 새해 맞으리
설레는 가슴 첫 문을 여는 카운트다운
겸손하게 두 손 모아 기도합니다

허물과 죄에서 용서를 빌고
지혜를 더하고 평화롭고 풍요로워라
나라의 번영과 가정의 행복과 세계의
평화를 지켜 주소서

어둠이 해무 너머로 고개 들추고
찬란하게 떠오를 설레는 마음으로
어제보다 더 빛나리

오늘아
세상을 향해 껑충껑충 힘차게 뛰어보자

청춘아
사랑하자 다산의 토끼처럼
쑥쑥
*교토삼굴 영리한 토끼는 굴을 셋 판다

봄의 축복

그리움이고 싶었다
보랏빛 꽃 포에 감싸여
부끄러운 듯 여린 속살 살포시
햇살 좋은 날
노란 광채에 번득
황금잔 새봄을 피웠구나

설렘이고 싶었다
병아리 가족 봄 소풍
꽃샘바람 시샘에도
노란 봄을 요기요 저기요
뿌려 놓습니다

새봄이 새봄이
꽃에 목마른 너에게
축복이겠지

봄맛, 꽃 맛

봄이 오는 여울목에서
진분홍 꽃물결 윤슬이 눈부시다

간들바람이 가슴속으로 살포시
스며들 때마다

오감을 깨우는 핑크빛 연정
그리웠어! 봄맛

영취산 능선 따라 사면에 깔린
진달래 융단이 펄럭이고

그 고운 터널 속 따스한
어미 품으로 파고든다

새봄이다
구름도 두둥실 섬들도 두둥실

애기똥풀

쳐다보아도
이름이 뭔지 모릅니다

무관심 속에서
여기 피었습니다

노란 꽃이 예쁘다고 꺾으면
노란 액이 애기 똥 닮아 애기똥풀

노란 액 손톱에 물들이면
열 손가락 노란 애기 똥

작고 귀여운 애기 똥
노란 미소 고아라

절망과 자유

낭떠러지 끝자락에 섰다
더 이상 선택의 여지도 없었다
피와 죽음으로 지킨 조국

산천초목도 울고
하늘도 슬피 울었다

끝나지 않은 총성
총알이 스쳐 간 상흔의 흔적은
아직도 분단의 아픔으로
또렷이 남았으니

오호라

통곡의 곡조는 산천을 떠돌고
덧없는 눈물은
낙동강 역사 안고 말없이 흐른다

6월의 바람소리

이데올로기 앞에 피로 얼룩진
동족상잔의 비극
산천초목도 부들부들 떨고
바람도 숨죽여야 했던
6월의 기억

풍전등화 위기 속에
나라 구하고자 총알이 빗발치는
낙동강 전투에 뛰어든
수많은 호국영령의 피와 죽음으로
조국을 지켰노라

베를린장벽은 반세기에 무너졌는데
한국전쟁 73주년
아직도 끝나지 않은 상흔 속에
꽃은 피었다
호국의 별이시어 천상에서는 영원하소서

고인돌 별을 새기다

조상의 얼과 넋이 살아 숨 쉰다. 고인돌은 단순한 무덤만
은 아니었으니 호모 사피엔스로 진화하며 강을 중심으로
인류의 문명이 시작되고 원시에서 고대국가로 탄생하며 계
급사회와 지배계층이 생겨나기 시작하면서 도구와 농경 기
술이 발달하게 되면서 계절별 기후 변화에 따라 농사를
지어야 하였기에 절기를 알아가게 되며 문명이 없던 그 시
절, 넓은 덮개돌 바위에 태양, 달, 별자리를 새겨 고대의
달력 또는 천문도 역할을 하였으니, 고인돌은 역사의 흔
적이며 조상들의 지혜를 그대로 닮은 우리는 후손이다

*천문도: 별 은하 행성 달의 표면을 지도 형식으로 표현한 것.
*부장품(껴묻거리):죽은 사람을 매장할 때 함께 묻는 물품을 통틀어 이르는 말
<현장답사> 여수시 율촌면 산수리 왕바위 재 지석묘군(전남기념물 230호,
　860×580×260cm) 여수시 화양면 화동리 지석묘군/여수시 화장
　동 선 사유적 공원/여수시 미평동 양지마을 고인돌

비단풀의 운명

남새밭 어매를 피해
뜨거운 콘크리트 바닥에
납작 엎드려 은신했건만

짓밟혀도 꽃 피우던 행복은
공공근로 어르신들의 손길이
분주할 때마다 엄습을 직감한다

보도블록 틈 사이로
호미가 헤집고 들어올 때마다
무참히 뽑히는 나의 운명아

비단풀에 관용이란
남새밭을 떠나던 그 순간
세상의 영롱한 빛에 발했을 뿐

구절초 사랑

어슴 새벽길
안개가 내려앉은 언덕배기에
하얀 초롱불 밝혔습니다

마디마디 아홉 마디
뱅글뱅글 바람개비
아이의 환희

간절한 기도
어머니의 끝없는 사랑 담아
하얗게 피었습니다

그리운 맘
구절초 차 한잔
어머니의 향기가 입가에 맴돕니다

마지막 잎새

퍼덕이는 날갯짓
마지막 갈잎 한 장 실어 오는
세월의 유수이런가

소슬바람 소리에
애수(哀愁)에 잠겨
깊은 성찰에 도달한다

지난밤 꿈속에서 바람 소리가 들렸다
마지막 잎새가 떨어지겠지
그럼 나도 차갑게 변하겠지

한잎 두잎 쌓인
한 아름의 무더기 속으로
목적지 없는 여행길을 떠난다

은행나무 단상

갈색추억 잎 틈 속에서
햇살이 너를 어루만질 때
반짝이는 금빛 노란 단풍잎
내게 온 가을인가 보다

빛바랜 가을의 순간을 가슴에 품을 때
품격 있는 은행나무는
노란 금빛 세상으로 물들어간다
떠나고 싶지 않은 유혹처럼

바람일까, 햇살일까
겨울비일까
가지를 후려치며
한 잎 한 잎 가을을 훔쳐 갑니다

바람도 햇살도 더없이 좋은 날
벤치에 앉아 하늘을 쳐다보며
햇살 샤워만 해도
겨우내 묵었던 때를 벗겨냅니다

바람의 빗질

발통기미 일출의 용틀임

영겁(永劫)의 시간(時間)이 너울댄다
찰나(刹那)의 순간(瞬間)
여명(黎明)이 이마를 내밀면
바닷속의 장작불이 잘도 탄다

새 소원(所願) 한 아름 품어
희망(希望)이란 새 친구(親舊)를 만난다
해 돋아 뜨겁게 온 누리 깨우니
장엄(莊嚴)한 양의 기운이 생명(生命)을 움튼다

두 손 모아
간절한 소원 빌어보네
뜨거운 용틀임 가슴에 안으니
일출(日出) 속 내 그림자 가막만에 걸터앉고

한려수도 절경(絶景) 따라
너울너울 갈매기 날갯짓
남해(南海)의 푸른 물결

새 희망에 넘친다

*발통기미: 여수시 소장마을에서 굴구지로 가는 중간 마을. 고기 잡는
 데 쓰이는 발통처럼 생긴 해안이라는 의미
*영겁 [永劫] :영원한 시간

바람의 빗질

볕이 초록을 얹어
아이의 웃음처럼 해맑고 싱그러워
너울너울 춤춘다

보리밭 샛길로 열린 하늘
바람에 몸을 맡긴 채
서로의 몸을 비벼댄다

풋풋한 청춘이 타오르나
하늘과 맞닿았나
보릿대가 누워버렸다

훠이~ 훠이~
속 타는 주인 맘도 모른 채
창공의 종다리 찌이지크 찌이지크

바람이 빗질할 때마다
나날이 영글어가는 이삭이
꽃봉오리 타고 일렁이고

거친 살점 훑어내니
사타구니 콕콕 찌른다
까끄라기는 보리의 추억이다

풀씨로 살아온 자운영

여린 꽃 봄의 눈빛
자줏빛 구름 깔리듯 자운영꽃이
바람 따라 물결을 이루었습니다

논바닥 가득 주름잡던
분홍 자줏빛 가득 자운영꽃을 보니
가슴 아려온다

머지않아
모내기가 시작되면
갈아엎어질 운명이기에

그대의 관대한 사랑
착하고 순한 마음은
자운영이나 농부나 같아 보인다

어린 시절
소풀 뜯기다가 자운영꽃을 따서
꽃반지, 꽃목걸이 만들었던 추억
고향 들녘에

흙의 숨결 소리가 슴벅거린다.
그 끝에 핀 그리움인 것을

둥근 자아

허공으로 던진 자아는
지구를 돌고 돌아
둥글게 뒹군다

둥근 자아는 좁고 어두운
음습한 시간을 지나
빛의 여운을 만날 수 있다

심장박동수가 빨라질수록
신비의 뱃속에서
생명으로 꿈틀거리고

겉과 속이 다른
둥근 자아는 미로처럼
가득 찬 공간을 유영하며

소중한 기억들처럼
붉은 핏덩어리 속에서
밧줄에 의지하며

기나긴 어둠의
둥근 자아를 벗어
세상의 빛을 발한다

악마를 보았다

바람이 술렁거린다
파도가 일렁인다
푸른 하늘에 잿빛 구름을 실었다

푸르던 산을 뒤집었다
먼 산 나뭇잎이
하얀 꽃으로 피웠다

이 강한 부딪힘은
정녕

살풀이하는 바다
산더미 같은 파도가 하늘로 치솟는다
긴 소맷자락 끝에 매단 인연의 겁(劫)

혼령이 휘얼렁 거린다
태풍의 상흔은 잔인하다
악마를 보았다

벌초 가는 길

산소 주변으로 아름드리 도래솔이
군무하듯 하늘을 향해 치솟아 있다.

빛 내림이 부르던가?
햇살이 나무 사이로 스며들며
만들어 내는 그림자는
마치 한편의 수채화처럼 정겹다.

평생 낫으로만 풀을 베셨던 아버지와는 달리
아들은 윙윙거리는 예초기에
평화롭던 산소에 난리가 났다.

귀뚜라미 여치 방아깨비 펄쩍펄쩍 허공을 날고
바위틈에 숨어 살던 땅벌 가족도 경계를 한다.
영역침범을 허락하지 않는다.

오늘은 아버지 소풍 나오셨다.

가을 향기

황금 들녘이 속삭인다.

눈이 부시는 날
떠나자
가는 그곳이 가을이다.

서두르지 말고
개울가 징검다리도 건너보고
언덕배기 살랑대는 갈대처럼 흔들리며

놀며 쉬며 둑길을 걷다보면
다섯 개의 분홍 꽃잎이 방긋 웃는다.
만나서 반갑다고

작은 꽃이 내뿜은 큰 향기처럼
그 향기
가슴에 담아두리

가을 끝자락
가장 빛나는 너
내 님도 오시려나.

몽환의 시간 속에

한 폭의 수묵화를 그려놓은 듯
몽환의 시간 속에
물안개 피어나는 주암호 수면에
햇살 비추면

호숫가 버드나무 물속에 반영되어
둘이 하나 되어
만들어 낸 풍광은
또 하나의 세상을 품고 산다

갈대는 쏟아지는 햇살 받아
이슬 젖은 머리칼을 털어내며
보석처럼 반짝거리며
아침을 연다

안개는 연기처럼 사라지고
짙은 커피 한 잔이 있고

산새 소리 청아한 선율은
잔잔한 호수에 파동을 인다.

소리 없는 아우성

절로 설렌다.
하얗게 흐드러지게 피어납니다.
어쩌라고
진절머리 나게 피었니.

앙상한 가지에 솜털 가득
온 세상을 하얀 이불로 덮었습니다.

화가는 그리다 지우기를 반복하다
혼탁한 세상을 덮으려
새 도화지를 펼쳤나 보다

만개하고 보니
감회와 혼돈에 휩싸여
아뿔싸 곡소리만 쏟아지네.

육십 언저리
세월 앞에 거친 언덕 하나
머리엔 첫눈이 소복이 내려앉았네.

*혼탁[混濁]:사회의 현상 따위가 질서가 없이 혼란하고 어지러움

나를 살게 하는

어제 그제 엊그제도
나에게 열정을 깨웠다
심장이 뛴다

두려움이 있다면
그대로 두어라
이 또한 지나가리니

어둠을 헤매다 길을 잃을 때
작은 틈 사이로 빛을 보았다
그 빛은 찬란한 희망이었다

날마다 찾아오는 것과
떠나는 것에
삶을 흥정해 본다

이순을 살아오면서
디딤돌의 지혜로
봄이 오고 꽃은 피더이다

| 6부 |

불꽃 같은 영혼

새해 그 빛으로

지리산으로 가는 밤하늘은
뭇별들이 가득 내려앉아 속닥인다.

희망이란 꿈을 찾아 오르는
천왕봉의 발걸음이 가볍다

정상이 가까워지자
붉게 물들어 오르는 수평선을 보며

이 벅찬 감동으로
새해 소망 간절히 빌고 또 빈다

아쉬워 마라!
지난 허물은 어둠 속으로 사라졌으니

태양의 기운으로 내일의 꿈을 안고
행복이란 꿈만 꾸어보자

봄 처녀

화장을 한 듯 안 한 듯
연한 두 볼 감추려
수줍어 피는가

설익은 두 볼의 입맞춤
벙긋 신음하는
백옥의 봄 처녀야.

꽃향기 날리는
봄 처녀의 옷깃에
총각들 이 밤 설치겠다.

꽃길 따라 바람 따라
가히 봄의 전령
봄 처녀야

3·1 정신 가슴에 품고

절규하는 깃발의
뜨거운 몸짓
아우내 장터에
만세 소리
휘감아 돈다.

이 땅 온 누리에
꺼지지 않는 혼불 되어
아리 아라리요

피로써 뚫고 일어서는
용솟음은
꽃잎을 붉게 물들이고
비나이다. 비나이다.

하얀 소복에
한 맺힌 춤사위는
가혹한 수난 속에서도

굴하지 않고
무궁화꽃이 피었습니다.

목련, 날다

앙상한 나목 위에
휘영청 달님도
내려앉은
이 밤

밤새 미친 듯이
불어대던
그놈의 바람

푸드덕
학의 힘찬 날갯짓
깃털만 우수수 떨구고
홀연히 날아가 버렸다

똥강아지

노란 물감 뿌지직
한 방울 짜 놓은 화폭에
보송보송 피어나는
솜털 같은 애기꽃아

하필이면 이름이 애기똥풀이니

들녘에 애기바람 가득한 날
초록은 키재기로 재잘재잘
애기똥풀 노란 미소 참 고와라

거친 비바람 불어도
쓰러지지 않을 거야
가족 울타리 손잡고
꽃길만 걸어보렴

똥강아지야
넌 소중한 우리 가족이야.

*똥강아지:어떤 사람을 애정을 담아 귀엽게 이르는 말

여우비가 내리고 나면

맑은 하늘에 비가 내리면
호랑이 장가간다는 속설이 있지

여우비가 하늘을 씻어 내리면
맑게 갠 동쪽 하늘에
두 개의 무지개를 보곤했지

한낮 햇살은 방긋 인데
여우비가 내린다.
문득 이런 날에는
무지개가 뜨지 않을까?

그 순간 하늘을 가리키며
함빡 웃었지
곱고 영롱한 일곱 빛깔
무지개다리 놓였다

그 시절 동심이 떠오른다.

간절했던 기도는

무지개 타고 올라
저 하늘의 별이 되어
반짝이는 것이었지

낙동강 첨상(瞻想)

그해 꽃은 피지 않았다

호국보훈의 달 유월이면
유학산 억새 틈에
주인 잃은 철모만이
아무 일도 없었다는 듯
침묵의 눈길에
무너져 내린 내 영혼

아픔의 흔적만 뚜렷이
참혹했던 역사의 상흔 속에서도
이곳에
이름 모를 들꽃들이 산야를 덮어
슬픈 영혼을 달래주고 있다

최후의 방어선
55일간의 운명의 사투
전쟁영웅들의 희생으로

찢긴 조국의 아픔을 딛고

같은 하늘 아래
하나의 땅이 되는
그날이 될 때까지
한 줌의 흙으로 남으리

*소묘[素描]:형태와 명암을 주로 하여 단색으로 그린 그림
*첨상[瞻想] :우러러보거나 바라보면서 생각함.

지지 않는 꽃

배달의 혼불 밝혀주는
가슴 깊이 사무치는 너
찬란한 동방의 빛이로다

천안삼거리 능수버들
눈부신 연초록 옷 곱게 차려입고
흐드러져 춤춘다.

그날의
울려 퍼진 함성과 태극기 물결
아우내장터는 기억하리.

독립기념관에 가면
선열들의 심장에 새겨진
민족정신이 되살아난다.

한민족의 기상과 얼을 상징하는
무궁화란 이름으로
손에 손잡고 하나 된 세상을

불꽃 같은 영혼

아가베!
불꽃 같은 영혼, 그대에게
제 작은 소망을 띄워 보냅니다.

언덕을 지나서
폭풍을 잠재우고
척박한 사막에서
별과 바람과 모래와 대화한다지.

수십 년을 외롭게 살다가
일생 일화의 숙명이거든
차라리 시들지 않게
피우지나 말 것을

정열이 나를 깨우는 날
목을 타고 내려가는 그 순간
불타는 테킬라

당신의 마음을 얻고 싶소.

*아가베[agave]: 용설란과의 원예

장풍이의 변신

썩은 두엄 속, 하얀 몸 하나
삶의 잉여 속에서 자신만의
길을 찾는다
직진은 없다
빙글빙글 도는 시간,
그 속에서 몸과 마음은
단단해진다

어둠 속에 숨어 색을 바꾸고
하얀 속살은 검은 껍질로
굳는다
기다란 뿔, 전신 갑옷
이 작은 몸에 담긴 삶의 의지가
솟는다

허물을 벗는 순간
빛과 어둠, 과거와 미래가 겹쳐
초롱초롱한 눈빛으로 세상을

마주한다.
뒤집혀도, 넘어져도
그 몸짓 하나하나가
존재의 증거이자 생명의 서사다

우리 모두 장풍이처럼
자신의 속도로 빙글빙글 돌며
내려가고,
어둠 속에서 색을 바꾸며,
허물을 벗는 날을 기다린다.

| 7부 |

섬, 여수의 진격

호미 인생, 나의 어머니

언제 오냐
애들은 잘 있다냐
아픈 데는 없고
밥은 먹었냐 하시던 어머니
자식 걱정에 바람 잘 날 없으셨던 어머니
그 모진 세월 한 많았던 세월

어머니의 잃어버린 인생
당신의 인생은 어디에 두셨나요
못다 한 효도
이 못난 자식 눈물이 납니다
어머니 사랑하는 나의 어머니

보릿고개 그 시절
보리밥에 고구마 소똥 같았던
개떡을 지금 먹고 싶습니다

척박한 땅 일구느라 굳어버린 손 마디마디
등은 활처럼 휘어져
하늘 한 번 쳐다보지 못하면서
쭈그리고 앉아서 밭은 잘도 매신다

어머니
그 모진 세월 한 많은 인생 잘 견디셨으니
지금이라도 편히 쉬세요
비바람 치면 꺼질세라 부러질세라
어르고 달래주시던 높고 깊은 사랑
해와 달님 되어 지금도 가슴에 비춥니다
어머니 나의 어머니

어머니 쌀밥이 좋으세요
고기가 좋으세요
뭐가 더 좋으세요
빼깽이*죽이 좋단다
삶은 고구마에 싱건지* 돌돌감아 먹는 게 제일 맛있더라

어머니 나는
어머니께서 배고팠을 때 해주신 그 사랑
먹고 싶습니다

어머니 어머니 사랑하는 나의 어머니

*빼깽이: 생고구마를 절간기 기계로 잘게 썰어서 말린 술을 만드는
  알코올의 주 원료 /싱건지: 국물김치의 방언(전남)

아버지의 지게와 누렁이

텅 빈 헛간 한켠
귀하게 모셔둔 아버지의 지게
거미줄만큼이나 두 어깨로 버텨온
아버지만의 인생이었다

지게에 실린 쟁기와 거름 짐 무게보다
두 어깨를 짓누르는 삶의 무게가
더 무거웠을 아버지

바지게*에 쟁기 싣고
거름도 지고
솔깽이* 한 짐 지고
소 꼴 베고
그 책임과 무게에 익숙하셨던 아버지

어스름 해질녘 복슬이가 집 나가는 걸 보니 새벽녘
못자리 잡으러 나가신 아버지가 오시나 보다
지게에 쟁기 지고 누렁이 황소 앞세워 지겟다리 장단 맞춰

허민의 백마강 노랫가락에 흥이 나신 걸 보니 새참 삼아
막걸리를 너무 많이 마셨나 보다

헛간 한켠 고스란히 남겨진 아버지의 지게
고향집에 갈 때마다 아버지가 지셨던 책임과 무게
저도 지려 합니다

*솔깽이: 소나무의 가지, 솔개의 방언
*바지게: 싸리나 대오리 따위로 만든 발채를 얹어 놓은 지게

저 섬 가지게

순풍에 돛 달아
바람 따라 섬과 섬 사이를
미끄러져 갑니다.

여보개 친구
섬들이 참으로 많기도 하네.
그러게

여수에 섬이 몇 개인 줄 아는가
글쎄 이백 개 정도 안 될까
365개 다네.

그렇게 많아 그러게
어이 친구 저 섬 좀 보시게
너무 귀엽지 않은가

조그만 게 아마도 주인이 없을 것 같네

자네 가지게

고마우이 친구

다섬이의 섬 나들이

푸른 하늘 청정바다
다섬이의 섬나들이

먼바다 초도와 거문도는 쾌속선 타고
금오도 개도 사도는 여객선을 타고
장군도는 뗏목을 타고
오동도는 걸어서 간다

이리 가도 섬
저리 가도 섬
어화둥둥 삼백육십오
큰 섬, 작은 섬 두둥실 떠도네

임란 시 이순신 장군이 지켜낸
전라좌수영의 본영이자 삼도수군통제영의 고장
약무 호남 시무 국가라

찬란하게 떠오른 붉은 태양이 섬을 깨우고

붉은 섬 태양 안고 떠나는 곳
365개 섬을 품은
아름다운 여수

*2026 여수 세계 섬 박람회(2026년 7월 17-8월16일(31일간) "섬.
바다와 미래를 잇다" 라는 주제로 전 세계 30개국이 참가할 예정이
다. 주 행사장은 돌산 진모 지구이며 주제관과 공연장, 섬 놀이터 등
이 이곳에 설치될 예정이다. 특히 "다섬이"라는 캐릭터 이름은 여수
가 간직한 365개 많은 섬의 아름다움을 나타낸다는 뜻으로 선정됨

밀듬벙의 가을

밀듬벙 가는 길
참새의 잔칫상엔
패션이 다양한 허수아비들이
추수를 앞둔 벼들을 지키고 있다

살살이 꽃 살랑살랑
소녀의 수줍음이 색색으로 물들이고
황금 들녘엔 오곡백과 익어가는 풍성한 자연의
소리와 함께 솟대처럼 하늘을 향하는 행복

밀듬벙 몽돌이 도르르르
억겁의 세월
파도와 바람이 조탁한 해안 절벽
겉옷을 걷어내고 수만 가지 형상을 만들었다

넓따랗게 누운 바위를
돗자리 삼아

파도와 구름을 벗 삼으니
시샘한 갈바람이 얼굴을 스친다

*조탁-시문 따위를 아름답게 다듬음
*살살이 꽃-(코스 코스) 소녀의 결, 순정
*밀듬벙-여수시 돌산읍 상하동길

봉쥬르 세느 강

세느 강 물길 따라
바토 무슈는 에펠탑을 그늘 삼아
시테섬으로 유유히 흐른다

불빛만이 어둠을 밝히고
오 샹젤리제 오 샹젤리제
감미로운 샹송이 입가에 맴돈다

이 순간만큼은
내 영혼의 달콤한 자유다

귀에 익은 한국어 안내 방송이
세느 강을 타고 흘러나온다
나의 조국 위대하다 꼬래

지금은 샹송 파티 중
오 파리여
봉쥬르 세느 강

만선

갈매기 떼 날아드니
저 멀리
아버지의 배가 감실감실 거린다.

풍악을 울려라
깃대를 세워라
파도야 비켜라

아버지의 고깃배는
만선의 꿈을 싣고
위풍당당 선창에 닿는다.

용주리 할머니 장터

정주고 덤 주고
옥수수 하면 할머니 장터

왁작 벅 글
시장도 아니다
원산지 표시도 필요 없다

방금 옆 밭에서
할아버지가 직접 따서
경운기로 실어와 더욱 신선하다

시골의 따뜻한 정과 후한 인심
할머니의 굴곡진 인생의 길

용주리 할머니 장터에서
옥수수 하모니카 불며
한 아름 안고 가세요

해풍 맞고 자라서
찰지고 쫀득한 맛이 일품이다

*용주리 할머니 장터; 용주리 산마루에 자리 잡은 우리 고장 맛 거리 홍보 및 주
 민의 일거리 창출 차원에서 운영하는 곳 (여수시 화양면 용주리 961-3)

섬, 여수의 진격

가자! 그 섬으로
꿈을 꾸는 그 섬
그 섬이 꿈꾸는 미래
소라껍데기에서 파도 소리 들려오는

가자! 그 섬으로
등대를 높이 세워라
백 리 섬 섬길 세븐일레븐 브리지
거센 파도 맑은 하늘 청정바다

가자! 그 섬으로
가까이 잡힐 듯
섬과 섬을 넘어서 아름다운 사람들과
해삼, 조개, 고동주며 어우렁더우렁

가자! 그 섬으로
해지면 해루질하며 노을을 만끽하세
365개 아름다운 섬이 노니는 그곳
여수로 가보세

여수는 지금 파도 소리에
밀려오는 그리움 품고
섬과 섬으로 미래를 잇고
미래를 꿈꾼다

*해루질:밤에 얕은 바다에서 맨손으로 어패류를 잡는일
*어우렁더우렁:여러 사람들과 어울려 들떠서 지내는 모양을 나타내는
  말

코흘리개의 추억

학교 가는 길
시장 치 고개는 눈물고개
아구창 꼬랑 몰랑*은 우리들의 놀이터
책 보따리 팽개치고
고무신 따먹기, 숨바꼭질, 고무줄놀이, 구슬치기에
정신없이 놀다 보면 학교 가는 걸 잊어버린다
저잣거리 가시던 동네 어매
아가, 핵교 늦겠다
후딱 인나서 가방 챙기가꼬 핵교 댕기오니라~잉
감서 바구 조심 허구
핵교 가는 디만 정신 써 얀다~잉
몰랑에서 내려다보면
골짜기 아래로 학교가 보이고
저 그 나지게* 앞바다도 보인다

*아구창꼬랑:나진북쪽 나진초 뒤쪽 골짜기
*몰랑:산봉오리의 방언
*바구:바위의 방언
*나지게:나진지명의 방언

무인도의 아침

알람 소리가 아니라
파도 소리에 잠이 깨는 섬의 아침

눈 뜨기가 고민되면 바다에 나가
운무가 내려앉은 하늘과 바다의 경계를 보라

햇살이 안개를 거두어 갈 때까지
푸른 잔디가 깔린 넓은 정원을 보라

황금색 윤슬이 붉은 기운 안고
새로운 아침을 연다

고독의 계절에 자유가 되어
고립마저 낙원이 된 섬

세상에서 가장 황홀한 고립이
여기에 있다

어무이요

어무이 뭐하요
밭에 지심매요
쫌만 기다리다
만난거 사 갖고
금세 갈 터니

밤새 춥지는 않았소
닭 우는 소리에 일어났소
정짓간 솥단지 군불 때려 가요
뜨신 물 쓸라면 불 지펴야재
하기야 가스레인지는 아까워서 못쓰재

아이고 이놈의 부엌
아직도 부뚜막에 소주 대병이 있네
식초 만들려고 해논것 같은디
숨 잘 쉬라고 솔잎으로 막아 놓았소

우리 어무이 손 좀 보소

마디마디 구부러져
갈퀴가 되어 버렸네
손 한 번 잡아봅시다

담장 옆에 묶어둔 똥개가
나를 몰라보고 무섭게도 짖어대네
오랜만에 왔다고 넘 취급 하구먼
하기야 오랜만에 왔으니 넘 이제

어무이요
쫌만 기다리소
농번기 끝나고
손주 결혼식 보러 가야제

꿈꾸는 섬

언제부턴가 반복적으로 꾸는 꿈이 있다
둥실둥실 떠다니는 섬이 있고
사람과 파도 사이에 섬이 있다

눈을 떠도 가득해진 그리움
동백은 하늘을 가리고
햇살이 틈새를 비집는다

푸른 바다와 하얀 등대가 함께 놀다
밤이 되면 불빛이 눈을 뜨고
별빛과 마주하는 곳

길게 늘어선 방파제를 걷다 보면
동백꽃 낙원이 펼쳐지고
동백터널 상상 속으로 빠져드는 그곳

동백꽃 뚝뚝 떨어져
하트로 물들어
사랑이 이뤄지는 그곳

손을 뻗으면 잡힐 것만 같은 그 섬
그댈 닮은 동백이 피어있는 섬
꿈을 꾸는 그 섬

꿈속에 나타난 그곳
나를 위해 항상 그 자리에서
기다린다고 했다

그리움

두고 온 것들이 그리움으로
아련해져 가는 그 기억들이
되살아나는 그곳

그곳을 그리워하는 것은
그 섬 파도에
내 마음을 두고 왔기 때문이다

파도가 밀려올 때마다
희미하게 남아 있을 추억을
당신이 보고 있을 것 같아서

별을 헤아리며 지새던 밤
추억 속 그 별 하나
나를 훔쳐 간 그 목소리가 들려온다

그 기억 속에서 돌고 도는 아련한 미소
별님처럼 가득 반짝이는 모습
그 자리인 것처럼

소라껍데기 궁궐

바다에서 멀어져도
바다의 숨결이 들린다

텅 빈 궁궐 속에
파도 소리 갯내 품어

알프호른은 아니지만
귀에 대면 소리가 난다

쏴아아 부웅
파도 소리가 들리나요

파도 소리가 그리워
죽어서도 공명으로 남은

소라껍데기 나의 궁궐

새벽을 여는 사람들

가을날의 산책

눈이 부시는 날
바람 타고 느낌 따라
나를 이끄는 그곳으로 떠나자

서두르지도 말고
개울가 징검다리를 건너
언덕배기 갈대의 속삭임을 들으며

놀며 쉬며 둑길을 걷다 보면
코스모스 구절초 하얀 분홍 꽃잎이
하늘하늘 향기롭다

작은 꽃들이 내뿜은
큰 향기처럼
그 향기 가슴에 담아두리

풍성한 황금 들판
한껏 멋 부린 허수아비 덩실덩실

쫓으라는 참새와 잔치판 벌렸네

외딴집 주인은 온데간데없고
아직 채 가시지 않은 온기와
감나무엔 홍시만 주렁주렁

샛노란 은행잎이 길가에 뒹굴며
수북이 쌓여가는 모습이
이제 가을이 떠나려나 봅니다

*뒤안길:분명하게 드러나 있지 않고 다른 것에 가려져 있는 것 (뒤쪽
   을 의미하기도)/*연서[戀書]: 연애하는 사이에서 주고받는 애정의
   편지 /*만추[晚秋] :늦은 가을 무렵

비설거지

하늘이 먹구름으로 덮어가고
해는 뉘엿뉘엿 저물 무렵
서쪽에서 동쪽으로 날아가는 황새를 보고
저녁에 비가 오겠다며 서둘러 비설거지를 하신다
급하게 생선부터 거두시고
마당에 널린 콩이며 나물 말린 것
가벼운 것부터 마루로 옮기고
무거운 것들은 모아서
비닐포대로 덮어 돌로 눌러 놓으면
비설거지 끝이다
어릴 때 내가 보았던 시골 비설거지 풍경이다

능소화, 폭포처럼

산새 소리 구슬프고
산사 소담한 담장 너머
능소화가 흘러내린다

너울너울 피어오르니
마치 폭포처럼 웅장하다

이 꽃이라면 오래 바라보아도 되겠다
이 꽃이라면 사랑해도 되겠다
이 꽃이라면 같이 사진 찍어도 되겠다

뙤약볕도 마다치 않는 여름의 꽃
비 오듯이 땀에 젖어 흐른다

어디선가 다가오는
강을 타는 폭포수 소리
능소화, 폭포처럼 길게 쏟아 내린다.

겨울연가

처마밑에
멈춰버린 시간들
첫눈 내리던 아련한 추억만

뒤안 처마 밑에 걸려있는
수숫단 옥수수 시래기, 마늘 다발은
거미줄에 얽혀 뿌연 먼지만 쌓였고

고요하고 적막만이 맴도는 산사처럼
주인은 온데간데없고
처마 끝 덩그러니 걸친 낡은 기타만이
찬바람의 서글픈 선율을 울릴 뿐

마른 장작더미에서도
꽃을 피우는 낮 모를 사연

굴뚝엔 연기가 사라지고
벽에 걸린 불알시계도 멈췄는데

텅 빈 집인 줄만 알았는데
해마다 어김없이 찾아오는 제비 가족

가지런히 걸린 낡은 호미와
헛간의 쟁기처럼
주인의 주름진 손등만큼이나
굴곡진 삶의 여정이 배어있다

굳게 잠긴 녹슨 문고리
양지바른 마당 돌담 밑
덩그러니 놓인 낡은 의자 하나
햇살만이 한가롭게 앉아 노네

*뒤꼍(뒤안): 집 뒤에 있는 마당이나 뜰

노포인 생, 남면 집

부슬부슬 비 오는 날엔
그 집에 가고 싶지

바다내음 가득 담은 교동시장
꾸린내*도 향기로운 연등천
일명 센 강이 흐르고

붓으로 쓴 철 간판 글씨는
낡아 희미하고
탁자는 서너 개

이제나 저제나*
굽어버린 허리 이끌고
찬거리 뚝딱뚝딱

잔쟁이* 생선조림에
호박전 청각 무침
신건지*까지 덤이다
쟁반이 찌그러진다.

단돈 만 원짜리 안주
간자미찜 서대회 생선구이
제육볶음까지 과분하다

보잘것없는 내 인생에
술을 퍼주는 주막
노포의 맛 남면 집

주모 누님도 주모 할매도
질긴
노포*의 인생이다

*꾸린내: 구린내의 방언으로, 똥이나 방귀 냄새와 같이 고약한 냄새
*이제나 저제나:언제인지 알 수 없을 때 또는 어떤 일을 몹시 안타깝
  게 기다릴 때 쓰는 말
*잔쟁이: 가장 작고 품질이 낮은 것(잔챙이의 방언)
*신건지: 동치미의 전라도 방언
*노포: 대대로 물려 내려오는 점포

노인과 워낭소리

노인 셋이 길을 간다
할머니와 할아버지
또 하나의 노인

함께 살아온 세월이
25년을 한 몸처럼 일해왔던 동반자

낯선 사람이 다가오면
콧김부터 뿜는 누렁이,
사람으로 치면 80세가 훌쩍 넘은
노인 소이다

소도 피곤하고
나도 피곤할 때는
마음속으로 짠하다

할아버지가 해줄 수 있는 것은
여물을 잘 먹이는 것,

막사 청소에 빗질까지 해준다

누렁이로 말하자면,
그 어미의 어미 때부터 할아버지네
소로 태어났다

한 몸처럼 세 노인은 하루를 마친다

*워낭: 소나 말의 턱 밑에 매어 놓은 방울

고진 멸막 가는 날

멸막* 가는 날
가지며 호박이며 채소거리 가득 머리에 이고
고진 멸막으로 가는 산골 아낙들의 걸음이 바쁘시다
이른 새벽에 출발해서 채소와 멸치 생선과 바꾸고
서둘러야 점심때쯤 도착하신다

나의 어머니도 그 길을 걸으셨다

만삭의 몸으로 멸막에 다녀오는 길에
산통이 와 뛰다시피 집에 오자마자 나를 낳으셨단다
그 덕에 어머니는 나의 생일은 잊지 않으신다

배고프던 시절 뭐니 뭐니 해도 *멸따구 만한 게 없었다.
볶아 먹고 고추장에 찍어 먹고 호박 된장국도 끓여 먹고,
비싸서 쳐다만 보았던 큰 고기 안 부러웠다.

학교에 가면 고진* 친구들과 도시락 반찬을 바꿔 먹었던 사연
그 친구들은 생선이 질러 안 먹고,

우리들은 풀떼기 반찬에 질려 안 먹고
사이좋게 나눠 먹었던 추억이 생생하다.

가막만을 감싸 안은 고진 앞바다에는
은빛 파도에 묻은 여린 멸치가 반짝인다

*멸막: 어촌에서 멸치를 삶아 말리는 곳
*멸따구: 멸치의 방언
*고진: 여수시 화양면 용주리를 통칭해 부르던 이름.

6인의 섬진강 시인을 만나다

강 따라 흐르는 여섯 갈래 시의 물결
섬진강 시인들을 만나는 날

하늘과 맞닿아 구름을 띄우고
바람을 길들이는 지혜로운 산 아래서
동심의 훔치며 사는 사람들

강가에 앉아 시상을 떠올리고
숲에 들어 자연이 하는 말을
받아쓰는 시인들

달빛 아래 흐르는 강
별들이 강가에 내려와
밤새 앉아 돌아가지 않았다
강은 별들을 품었다

물은 은빛을 뿜내어
은어의 살결을 하얗게 길러내고
강물은 바람 따라 꽃잎 싣고 흐르네
반짝이는 은빛 물결 속에서

재첩 잡는 아낙네를 보았으리.

당신으로부터 별이 왔다고,
당신으로부터 반짝인다고
사인해 주신 박남준 시인님

순창에 사시는 백학기 시인 겸 영화감독
자작시 어느 대나무의 고백을 낭독해 주신 복효근 시인
구례 오일장에서 미역을 파시는 장돌뱅이 장진희 시인
동인지 시인 저녁 강을 낭독해 주신 박두규 시인
버들치 시인으로 잘 알려진 박남준 시인
전국을 유랑하며 시 쓰기와 야생화를 촬영하시는
몽유운무화 이원규 시인 겸 사진작가

이렇게 여섯 분과의 북 콘서트는 섬진강과 숲,
풍경을 노래하는 자유로운 영혼을 가진 여섯 분
섬진강의 시인들 이야기들이다.

겨울 나그네

호화스러운 유람선이 지나가도
파도가 밀려와도
전혀 아무 관심이 없다.

오히려
뒷모습만 더 쓸쓸해 보인다.

홀로 세상 고독 다 안은 채
고인돌처럼 굳어버린
한 여자가 서 있다.

이 시간
선창가 선술집 한 구석진 자리에서
홀로 고독을 떠안은 채
막사발 잔만 들었다 놓았다 하는
한 남자가 있다.

부두를 서성이는
그 남자
그 여자

그리던 마음 몰래 숨기고
서로의 그림자만 따라 서성거린다.

첫눈 내리고
동백꽃 피는
그날은
사랑하겠지.

봄이 간지럽힌다

봄이 몸에 닿을 때
간지럽다

햇살 좋은 한낮*
새싹 오른 초록에
훌러덩 누워버렸다
풀밭에 등을 대고 누웠다

높고 맑은 창공은
손 내밀어 보아도 까마득히 멀다
슬픔이 밀어닥쳤다.

봄 햇살이 다가와
소리 내지 않고 울었다
겨우내 찌든 때를
벗겨주는 여유로운 시간

몸이 간지럽다
소처럼 마구 비벼대다
벌떡 일어선다

봄이 자꾸 간지럽힌다

*한낮: 낮의 한가운데/겨우내: 겨울 동안 줄곧

모래톱

모래톱은 차곡차곡 배를 채우고
파도는 연거푸 하얀 포말을 밀어 올린다.

물 텀벙 같은 먹구름은 바다를 이고
모래톱은 하얀 속가슴을 풀어 헤치고
긴 혀를 내민 파도는 들숨 날숨을 섞어 쉰다.

사각사각 발바닥을 간지럽히는
여인의 보드라운 촉감
찰싹찰싹 사르르

춤추는 보리밭

바람이 무대에 내려
연주가 시작된다
초록 물결
청보리가 춤춘다
짜르르 차르랑 춤을 춘다

초록 물결 빛 되어
하늘도 푸르르
양떼구름 두둥실
푸르름이 청춘이다

바람의 연주가 시작됩니다
황금물결
황금 보리가 춤춘다
훠이 훠이 춤을 춘다

황금바다 빛 되어
하늘도 황금빛
새털구름 두둥실
넘쳐나는 황금 씨알

새벽을 여는 사람들

새벽 다섯 시
웅성웅성 모여드는 사람들

힘든 기색 하나 없이 초롱초롱한 눈
고무 대아마다 해산물이 가득

여섯 시 정각 호루라기 소리와 함께
시작된 경매
무슨 말인지 알아들을 순 없지만
경매사를 보는 중매인들의 손놀림이
빠르게 움직인다.

돌산 군내리 어판장은 사람 사는
맛이 난다.
새벽을 여는 사람들의 활기
넘치는 삶의 현장이다.

어머니의 큰 사랑

잡풀 무성한 풀숲에서
한 가닥 한 가닥 추려내시던
그 정구지*

아들 좋아한다고 정성껏
다듬어 신문지에 싸서 주시던
그 정구지

가느다란 토종 정구지 겉절이에
밥 한 공기 있으면 한 끼 뚝딱

지금도 생각나는
그 정구지

빈 대궁이 하얗게 피었다
어머니 머리처럼 한밭 피었다.

이른 봄 첫 부추는 아들에게 주신다.
어머니의 그 사랑 한없어

*정구지-부추의 방언

아빠의 통통배

큰 배가 지나가면 파도에 밀려
자랑할 속도는 아니지만
노 젓는 것보다 훨씬 빠른 아빠의 통통배

그냥 통통배가 아닙니다.
고기를 가득 실어줄 보물선입니다
아빠의 통통배는 오늘도 바다를 누빕니다.

오늘따라 통발이 텅텅 비었네요
내일은 한 마리 더 주겠지
봄이 오면 통이 가득 차 올 것을 믿기에

아빠의 통통배는 보물입니다
아빠의 통통배는 희망입니다
아빠의 통통배는 우리 가족입니다.

똑딱이질(전어타령)

똑딱똑딱 전어 배 똑딱
전어 한 마리 잡을까 말까
전어 몇 마리 잡았소.
윗녘으로 쫒아라.
아랫녘으로 쫒아라.

그물로 전어 떼 빙 둘러싸고
똑딱똑딱 뱃장을 두드려라
그물에 은빛 전어 떼 주렁주렁
전어한 덤비지 쌓으니
돈다발이 투두둑

*여수시 낭도 아낙들의 전어 잡을 때 똑딱이질 하며 부르며 전해 내
 려온 전어 타령을 인용. 가을 전어 머리에는 깨가 서 말, 전어 굽는
 냄새에 집 나간 며느리가 돌아온다는 말이 있을 정도로 전어에 대한
 이야기가 다양하다 .

서울 친구야

친구야
서울에 사는 친구야
낙지나 한 마리 잡아
소주 한잔하고 가게나

정이 넘치는 우리 섬에서
며칠만 쉬어가게
아니지,
그냥 평생 살아보세

바다가 쑥 물러나면
드넓은 갯벌이
그대로 내 논이고 밭이여

나 먼저 나가보네
오시거든
갯벌에 난 발자국 따라
조심조심 따라오시게

아따, 요놈 참
오지게 기가 막히는구먼

봄이 오는 소리

이 비 그치면
봄 햇살 얹어
떠나간 내님도
꽃바람 타고 오시겠다.

이 비 그치면
꽃 몽우리
봄 봄 봄 春春春
활짝 벙글것다

이 비 그치면
봄바람 타고 아롱지면
연분홍 꽃 이불 덮고
꿈나라 가겠다.

이 비 그치면
고운 홑옷 한 벌로
이 봄
살다 가시겠다.

*벙글다: 맺힘을 풀고 툭 터지며 활짝 열리다
*아롱지다: 고르게 촘촘하게

-몸의 조율와 선택, 조용한 시간여행의 이야기들-

-몸의 조율과 선택, 조용한 시간여행의 이야기들-

−몸의 조율과 선택, 조용한 시간여행의 이야기들−

예시원(시인 · 소설가 · 문학박사)

■ 들어가며

오랜만에 백이석 시인의 시집『가막만 남자 여자만 여자』를 펼치면, 가장 먼저 신선한 바다의 향기가 풍긴다. 바쁜 도시의 일상에서 '힐링'과 '슬로우', '워라밸'이라는 말이 유행처럼 떠돌지만, 그것이 모두에게 허락된 삶의 방식은 아니라는 사실을 우리는 잘 알고 있다. 크고 작은 직장과 다양한 노동의 현장 속에서 휴식은 여전히 그림의 떡처럼 멀고, 삶은 쉼보다 반복에 더 익숙해져 있다. 그런 현실속에서 이 시집은 도피가 아닌, 잠시 숨을 고르게 하는 호흡의 공간으로 독자를 이끈다.

백이석 시인의 시를 읽다 보면 문득 오래된 영화『리스본행 야간열차』가 떠오른다. 스위스 베른에서 고전 문헌학 교수로 살아가던 라이문드 그레고리우스가 어느 날 다리 위에서 한 여성을 만남으로써 전혀 다른 삶의 궤도로 접어드는 이야기처럼, 이 시집 또한 익숙한 일상에 작은 균열을 낸다. 시는 극적인 사건을 요구하지 않는다. 다만 멈춰 서서 바라보게 하고, 지금 서 있는 자리의 의미를 다시 묻게 만든다.

그레고리우스가 충동적으로 기차에 몸을 싣고 포르투

갈 리스본으로 향했듯, 백이석 시인의 시 역시 독자를 느닷없는 이동으로 이끈다. 그것은 물리적 여행이 아니라 '감각과 기억의 이동'이다. 한 치의 오차도 허용되지 않던 반복적 일상에서 벗어나, 갯벌과 바다, 새벽 어판장과 섬의 길목으로 독자를 데려가며 삶의 속도를 조정한다. 이 이동은 도망이 아니라, 오히려 현실을 다시 살아내기 위한 준비에 가깝다.

영화 속 그레고리우스가 야간열차 안에서 자신의 삶을 성찰하듯, 이 시집을 읽는 독자 또한 자신만의 내면 열차에 오른다. 반복적이고 안전한 일상에 안주하던 삶이 새로운 관계와 풍경을 만나며 다른 의미를 획득하는 순간, 우리는 선택이라는 것이 얼마나 미세한 결심에서 비롯되는지 깨닫게 된다. 백이석 시인의 시는 삶을 바꾸라고 외치지 않는다. 다만 삶을 다시 바라보는 눈을 열어줄 뿐이다.

사실 누구나 한 번쯤은 정해진 노선과 회전목마처럼 반복되는 일상에서 벗어나고 싶다는 생각을 해본다. 그러나 먹고 살기 위한 호구지책이라는 현실 앞에서, 일탈은 늘 위험한 선택처럼 보인다. 삶의 균형이 무너질지도 모른다는 두려움은 우리를 다시 제자리로 돌려놓는다. 시인의 시는 이 두려움을 비난하지 않는다. 오히려 그 불안을 안고 살아가는 사람들의 마음을 조용히 이해한다.

그래서 우리는 종종 독서에 빠지고, 영화나 드라마를 통해 간접적인 여행을 시도한다. 《리스본행 야간열차》의 주인공처럼 홀연히 떠나지 못하더라도, 책과 시를 통해 우리는 얼마든지 시간여행을 할 수 있다. 백이석 시인의 시는 바로 그런 통로다. 현실을 떠나지 않으면서도, 현실을 잠시 다른 각도에서 바라보게 하는 내밀한 이동 수단이다.

시인은 일상에서 끊임없이 시간여행을 하는 시인이다. 그의 시선은 늘 여수 앞바다와 갯벌, 섬과 어판장, 바람과 새벽에 머물러 있으면서도, 동시에 그곳을 동경과 그리움의 공간으로 확장한다. 가까이 있어 익숙한 풍경을 낯설게 바라보는 그의 시적 태도는, 삶을 소모하지 않고 축적하는 방식에 가깝다. 이 시집은 자연을 노래하지만, 그 자연 속에는 늘 사람이 있고, 노동이 있고, 시간이 있다.

『가막만 남자 여자만 여자』는 백이석 시인이 오랫동안 길러온 시 세계의 결실이자, 앞으로도 계속 확장될 서사의 출발점처럼 읽힌다. 이 시집이 독자에게는 잠시 숨을 고르는 쉼표가 되기를, 그리고 시인에게는 더욱 깊고 넓은 바다로 나아가는 돛이 되기를 바란다. 축하의 마음과 함께, 백이석 시인의 다음 항해를 조용히 응원한다.

뻘배는
아침마다 갯벌에 엎드려
잠투정하는 애기 같아
눈 비벼가며 기지개 켜제

갯벌은
뻘배의 오래된 이불 같고,
진흙은 바다에서 띄운 편지지라

뻘 배는
달팽이처럼 느릿느릿
꿈을 끌고 간다.

노 대신
게 집게발이 반짝거리고
조개 한 바구니가
오늘 바다 일을 대신한다.

물이오면
뻘 배는 말없이 일어나
"이제 가자, 허벌나게"
파도한테 등을 맡긴다.

뻘 과 물 사이,
그좁은 길에서
뻘 배는
어른처럼 하루를 건넌다.

백이석 시인의 『뻘배』전문

    백이석 시인의 「뻘 배」에서 뻘 배는 바다 위를 이동하는 도구가 아니라, 하루를 시작하기 전 자아가 잠시 머무는 몸의 은유다. 갯벌에 엎드린 애기의 모습은 노동 이전의 미분화된 자아, 다시 말해 세상에 나서기 직전의 심리적 준비 상태를 드러낸다.

시인은 갯벌을 오래된 이불로, 진흙을 바다에서 띄운 편지지로 치환하며 바다를 위협이 아닌 무의식의 저장고로 만든다. 이는 외부 **세계로 나가기** 전, 마음이 잠시 몸을 눕히는 안전 기지(safe base)의 역할을 하는 공간이다.

달팽이처럼 느릿하게 꿈을, 끌고 가는 뻘배는 성과와 속도를 강요하는 세계에 대한 백이석 시인의 심리적 저항을 보여준다. 이 느림은 퇴행이 아니라, 자아가 **붕괴하지않도록** 스스로 보호하는 자기 조절의 리듬이다.

노 대신 게 집게발이 반짝이고 조개 한 바구니가 하루의 노동을 대신하는 장면에서, 백이석 시인은 통제의 욕망을 내려놓은 성숙한 자아 상태를 제시한다. 이는 인간이 모든 것을 쥐려 할 때보다, 환경과 관계를 맺을 때 오히려 심리적 안정에 도달한다는 사실을 암시한다.

마침내 뻘 배가 파도에 등을 맡기는 순간, 시인의 시적 주체는 불안을 관리하려는 태도에서 벗어나 신뢰를 선택하는 단계로 나아간다. 뻘과 물 사이의 좁은 길을 건너는 행위는 미성숙에서 성숙으로 이동한 자아가 하루를 건너는, 조용하지만 확고한 심리적 통과의례다.

가녀린 봄 처녀의 화려한 외출

머리카락 풀어 헤쳐 목덜미를 휘감아 맴돈다
헝클어진 가닥마다 초록꽃 피어
물살을 유영(游泳)하며 나풀거린다

썰물에 쓸려
반지름 한 얼굴 내밀어
광야의 세상에 생명이 꿈틀 거린다

낙조(落照)에 물든 해변
두 손 꼭 잡고 석양노을 바라보는
노부부의 인생을 닮았다

밀물이 밀려오면
가녀린 몸짓으로 하늘거리는
여인의 고운 춤사위는

한 서린 파도와
끊임없이 부서지는 포말처럼
떠도는 혼백(魂魄) 이여

백이석 시인의 『초록 융단』전문

시인의 「초록 융단」에서 초록은 단순한 색채가 아니라, 자
아가 외부 세계와 접촉할 때 가장 먼저 반응하는 감각의

문지방이다. 봄 처녀의 외출로 형상화된 장면은 억눌린 생명 충동이 조심스럽게 자신을 드러내는 심리적 개시 순간을 보여준다.

머리카락처럼 풀린 해초의 움직임은 무의식의 생각들이 질서 이전의 상태로 흘러나오는 장면이다. 백이석 시인의 바다는 의미를 설명하지 않고, 몸의 기억을 자극해 자아 깊숙한 곳의 원초적 감각을 호출한다.

썰물에 드러난 얼굴 하나의 반지름은 세상 앞에 노출된 자아의 최소 단위를 상징한다. 이는 완전한 탄생이 아니라, 광야 같은 현실 속에서 살아남기 위해 조심스럽게 자신을 시험하는 생존 심리의 미세한 움직임이다.

낙조에 물든 노부부의 모습은 시간과 감정이 마찰 없이 포개진 심리적 통합 상태를 형상화한다. 백이석 시인은 사랑을 열정의 고조가 아니라, 함께 견뎌온 시간의 축적으로 제시하며 삶의 무게를 말없이 받아들이는 태도를 보여준다.

밀물과 함께 춤추는 여인의 몸짓은 억눌린 정서가 파도와 포말로 흩어지며 이루는 정서적 승화의 장면이다. 끊임없이 부서지며 떠도는 혼백은 소멸이 아니라, 바다에 자신을 맡긴 자아가 선택한 지속의 방식이다.

3월의 한을 어찌 잊으랴

빼앗긴 내 조국을 찾고자
총칼 앞에도 두렵지 않았던

만세, 만세 대한독립 만세
피토하며 외친
숭고한 넋이여

깨어나라!
대한민국의 후손들아
나라 잃은 치욕과 설움
일제 35년을 기억하리

눈 녹으면 봄은 오나니
보라! 들리느냐
3월 1일 만세 소리를

광명 찾았노라
찢어진 살과
핏물로 지켜낸
우리 땅 우리 조국

윤형숙 열사여
그 희생
그 정신
우리는 기억하리다
천년만년 불꽃으로

백이석 시인의 『여수의 만세소리』전문

시인의 「여수의 만세 소리」에서 '3월의 한'은 과거의 기억이 아니라 아직 끝나지 않은 집단적 트라우마의 현재형이다. 시는 질문처럼 시작되며, 망각을 거부하는 이 물음은 독자의 심층 기억을 강제로 깨우는 각성의 언어로 작동한다.

총칼 앞에서도 외친 만세는 단순한 구호가 아니라, 죽음을 앞둔 인간이 마지막으로 붙잡는 존엄의 신체 반사다. 백이석 시인은 피를 토하는 입을 통해, 억압 속에서도 자아가 무너지지 않으려는 극한의 심리적 저항을 형상화한다.

"깨어나라"라는 명령형 문장은 후손을 향한 훈계가 아니라, 잠들어 있던 집단 무의식을 흔드는 심리적 경종이다. 일제 35년의 기억은 역사 교육의 대상이 아니라, 반복되지 않기 위해 반드시 통과해야 할 집단적 애도 과정으로 제시된다.

눈이 녹고 봄이 온다는 비유는 상처가 사라진다는 뜻이 아니라, 고통을 껴안은 채 다음 단계로 나아가는 회복의 은유다. 백이석 시인은 만세 소리를 자연의 순환 속에 배치함으로써, 저항의 기억이 일회적 사건이 아닌 영속적 생명 리듬임을 드러낸다.

윤형숙 열사의 이름을 부르는 대목에서 시는 개인의 죽음을 넘어 기억의 불꽃을 점화하는 의식이 된다. 천년만년 타오르겠다는 선언은 복수가 아니라, 상처를 망각하지 않겠다는 집단 자아의 윤리적 결단이다.

조상의 얼과 넋이 살아 숨 쉰다. 고인돌은 단순한 무덤만은 아니었으니 호모 사피엔스로 진화하며 강을 중심으로

인류의 문명이 시작되고 원시에서 고대국가로 탄생하며 계
급사회와 지배계층이 생겨나기 시작하면서 도구와 농경 기
술이 발달하게 되면서 계절별 기후 변화에 따라 농사를 지
어야 하였기에 절기를 알아가게 되며 문명이 없던 그 시
절, 넓은 덮개돌 바위에 태양, 달, 별자리를 새겨 고대의
달력 또는 천문도 역할을 하였으니, 고인돌은 역사의 흔
적이며 조상들의 지혜를 그대로 닮은 우리는 후손이다.

백이석 시인의 『고인돌 별을 새기다』 전문

시인의 「고인돌 별을 새기다」에서 고인돌은 과거에 머
문 유물이 아니라, 지금도 숨 쉬는 집단 기억의 신체다.
조상의 얼과 넋이 살아 있다는 인식은 개인 자아가 역사 속
에서 형성된다는 문화적 무의식의 자각을 의미한다.
강을 중심으로 문명이 시작되었다는 서술은 생존의 공
간이 곧 사유의 틀이 되었음을 암시한다. 이는 인간이 자
연을 정복하기 이전에, 자연의 리듬에 자신을 맞추며 살아
가야 했던 적응 심리의 기원을 보여준다.
덮개돌에 새겨진 태양과 달, 별자리는 단순한 장식이 아
니라 불확실한 세계를 이해하려는 인지적 질서의 흔적이
다. 백이석 시인은 이를 통해 공포와 혼돈을 상징 체계로
전환하려는 인간의 심리적 방어 메커니즘을 드러낸다.
고인돌을 고대의 달력과 천문도로 해석하는 대목에서, 역
사는 기록 이전에도 이미 사유가 되고 있었음을 알 수 있

다. 이는 문명이 문자로 시작되었다는 오만을 비판하며, 몸과 노동, 관찰을 통해 축적된 생활 지성의 깊이를 복원한다.

마지막으로 시인은 고인돌을 통해 현재의 우리가 단절된 존재가 아니라는 사실을 환기한다. 조상들의 지혜를 닮은 후손이라는 인식은 개인 정체성을 넘어, 역사와 책임을 함께 짊어지는 집단 자아의 윤리적 각성으로 이어진다.

볕이 초록을 얹어
아이의 웃음처럼 해맑고 싱그러워
너울너울 춤춘다

보리밭 샛길로 열린 하늘
바람에 몸을 맡긴 채
서로의 몸을 비벼댄다

풋풋한 청춘이 타오르나
하늘과 맞닿았나
보릿대가 누워버렸다

휘이~ 휘이~
속 타는 주인맘도 모른 채
창공의 종다리 찌이지크 찌이지크

바람이 빗질할 때마다

나날이 영글어 가는 이삭이
꽃봉오리 타고 일렁이고

거친 살점 훑어내니
사타구니 콕콕 찌른다
까끄라기는 보리의 추억이다

백이석 시인의 『바람의 빗질』전문

시인의 「바람의 빗질」에서 바람은 자연 현상이 아니라 생을 일깨우는 촉각적 의식이다. 볕과 초록, 아이의 웃음이 포개진 장면은 억압 이전의 자아가 잠시 회복되는 순수 충동의 순간을 보여준다.

보리밭 샛길에서 서로의 몸을 비비는 풍경은 자연을 빌린 연대의 은유다. 이는 타자와의 접촉을 통해 불안을 완화하고 존재를 확인하려는 집단적 신체 심리의 작동 방식이다.

보릿대가 누워버리는 장면에서 청춘의 타오름은 성취가 아니라 소진으로 전환된다. 백이석 시인은 성장의 고통을 쓰러짐으로 형상화하며, 이는 성숙이 언제나 상처를 동반한 통과 과정임을 드러낸다.

종다리의 울음과 주인의 속 타는 마음은 자연의 무심함과 인간의 조바심을 대비시킨다. 이 대비는 통제할 수 없는 세계 앞에서 인간이 느끼는 좌절과 수용의 심리적 갈등을 선명하게 만든다.

　　바람이 빗질하듯 훑고 지나간 뒤 남는 까끄라기는 아픔이자 기억이다. 시인은 이 따가운 촉감을 통해, 성장의 흔적이 사라지지 않고 몸에 남아 추억이라는 감각 자산으로 전환됨을 말한다.

아가베!
불꽃같은 영혼, 그대에게
제 작은 소망을 띄워 보냅니다.

언덕을 지나서
폭풍을 잠재우고
척박한 사막에서
별과 바람과 모래와 대화한다지.

수십 년을 외롭게 살다가
일생 일화의 숙명이거든
차라리 시들지 않게
피우지나 말 것을

정열이 나를 깨우는 날
목을 타고 내려가는 그 순간
불타는 테킬라
당신의 마음을 얻고 싶소.

백이석 시인의 『불꽃 같은 영혼』전문

시인의 「불꽃 같은 영혼」에서 아가베는 식물이 아니라, 오랜 침묵 끝에 단 한 번 자신을 태워 의미를 증명하는 존재의 상징이다. 작은 소망을 띄워 보낸다는 고백은 욕망을 소유하지 않고 거리 두는 태도로, 자아가 타자를 향해 취하는 성숙한 투사 방식을 보여준다.

언덕과 폭풍, 사막의 이미지는 외부 풍경이 아니라 내면의 통과 지점들이다. 별과 바람과 모래와 대화한다는 진술은 고독을 회피하지 않고 받아들이는 과정에서 형성되는 자기 성찰적 자아의 모습이다.

수십 년의 외로움과 일생 일화의 숙명은 반복된 억압이 낳은 긴장 상태를 드러낸다. 시인은 피우지나 말 것을이라는 역설을 통해, 욕망이 좌절될수록 더 강렬해지는 존재 충동의 아이러니를 드러낸다.

정열이 자아를 깨우는 순간은 억눌린 감각이 다시 활성화되는 심리적 각성의 지점이다. 목을 타고 내려가는 불타는 테킬라는 이성이 아닌 신체를 통해 세계와 재접속하려는 감각적 해방의 은유다.

마지막으로 "당신의 마음을 얻고 싶소"라는 고백은 정복이 아니라 공명을 향한다. 이는 불꽃 같은 영혼이 타인을 소유하려 하기보다, 함께 타오를 수 있기를 바라는 관계적 자아의 완성 욕망으로 읽힌다.

가자! 그 섬으로
꿈을 꾸는 그 섬

그 섬이 꿈꾸는 미래
소라껍데기에서 파도 소리 들려오는

가자! 그 섬으로
등대를 높이 세워라
백리섬 섬길 일레븐 브리지
거센 파도 맑은 하늘 청정바다

가자! 그 섬으로
가까이 잡힐 듯
섬과 섬을 넘어서 아름다운 사람들과
해삼, 조개, 고동 주우며 어우렁더우렁

가자! 그 섬으로
해지면 해루질하며 노을을 만끽하세
365개 아름다운 섬이 노니는 그곳
여수로 가보세

여수는 지금 파도 소리에
밀려오는 그리움 품고
섬과 섬으로 미래를 잇고
미래를 꿈꾼다

백이석 시인의 『섬, 여수의 진격』전문

시인의 『섬, 여수의 진격』에서 '가자'라는 반복은 이동의 구호이기보다, 머뭇거리는 자아를 바다로 밀어내는 내면의 출항 신호다. 꿈을 꾸는 섬과 섬이 꿈꾸는 미래는 개인의 욕망이 공동체의 상상으로 확장되는 집단적 희망의 무의식을 드러낸다.

소라껍데기 속 파도 소리는 바다의 축소판이자, 마음속에 저장된 기억의 음향이다. 이는 외부 세계를 향한 동경이 실은 이미 내면에 존재하고 있음을 깨닫게 하는 회상적 자기 인식의 메타포다.

등대와 섬길, 다리는 단절을 전제로 한 구조물이 아니라 연결을 향한 의지의 형상이다. 시인은 이를 통해 불확실한 미래 앞에서 방향을 세우고자 하는 인간의 안정 욕구와 항로 설정 심리를 보여준다.

해삼과 조개를 줍고 어우렁더우렁 어울리는 장면은 노동과 놀이의 경계가 허물어진 원초적 공동체 감각을 환기한다. 이는 경쟁과 속도에서 벗어나 관계 속에서 자신을 회복하려는 치유 지향적 자아의 모습이다.

마지막에 여수가 파도 소리로 그리움을 품고 미래를 잇는다는 진술은, 공간이 하나의 살아 있는 주체로 변모하는 순간이다. 시인은 섬과 섬을 잇는 행위를 곧 사람과 사람을 잇는 일로 확장하며, 바다 위에서 형성되는 미래 지향적 집단 정체성을 제시한다.

새벽 다섯 시
웅성웅성 모여드는 사람들

힘든 기색 하나 없이 초롱초롱한 눈
고무대야마다 해산물이 가득

여섯 시 정각 호루라기 소리와 함께
시작된 경매
무슨 말인지 알아들을 순 없지만
경매사를 보는 중매인들의 손놀림이
빠르게 움직인다.

돌산 군내리 어판장은 사람 사는
맛이 난다.
새벽을 여는 사람들의 활기
넘치는 삶의 현장이다.

백이석 시인의 『새벽을 여는 사람들 』전문

　시인의 『새벽을 여는 사람들』 시에서 새벽 다섯 시는 시간이 아니라, 하루를 떠받치는 노동의 심리적 기원이다. 웅성웅성 모여드는 사람들은 개인이 아니라, 생존을 위해 몸부터 움직이는 집단적 각성 상태를 보여준다.
　초롱초롱한 눈과 고무대야 속 해산물은 피로를 감춘 의지가 아니라, 삶을 견디게 하는 현실 감각의 선명함이다. 이는 고단함을 인식하기도 전에 몸이 먼저 반응하는, 노동 자아의 자동화된 생명력을 드러낸다.

호루라기 소리와 함께 시작되는 경매는 질서 있는 혼돈의 장면이다. 말을 알아듣지 못해도 손놀림으로 교감하는 모습은, 언어 이전의 신체적 소통과 긴장 조절 심리를 보여준다.

경매사의 몸짓을 읽는 중매인들의 손은 계산보다 감각에 가깝다. 이 장면에서 시장을 자본의 공간이 아니라, 몸의 기억이 작동하는 생활 지능의 현장으로 복원한다.

돌산 군내리 어판장이 사람 사는 맛이 난다는 진술은 감상이 아니라 결론이다. 새벽을 여는 이들의 활기는 삶을 미화하지 않으면서도, 반복되는 노동 속에서 자아가 무너지지 않도록 지탱하는 존엄의 심리를 증명한다.

■ 나가며

『가막만 남자 여자만 여자』는 어떤 이야기를 끝내기 위해 쓰인 시집이 아니라, 끝나버린 이야기들을 다시 바라보기 위해 펼쳐진 시집이다. 이 시집에서 남자와 여자는 관계의 완결을 향해 나아가지 않는다. 오히려 각자의 삶 속에서 어긋나고, 멀어지고, 남겨진 감정의 잔향을 더듬는 존재로 남는다. 백이석 시인의 시는 그 잔향을 붙잡아 과장하지 않고, 조용히 독자의 감각 속으로 밀어 넣는다.

이 시집에 흐르는 정서는 빠르지 않다. 감정은 즉각적으로 폭발하지 않고, 삶의 시간만큼 천천히 침전된다. 백이석의 시적 화자는 늘 뒤늦게 깨닫고, 한참이 지나서야

말하며, 이미 돌아갈 수 없는 지점에서 삶을 성찰한다. 그러나 이 늦음은 패배가 아니라 시의 윤리다. 충분히 늦게 도착했기에 비로소 보이는 풍경들이 이 시집을 지탱하고 있다.

《가막만 남자 여자만 여자》에서 관계는 완성되지 않은 채 머문다. 사랑은 성취의 언어가 아니라, 결핍의 언어로 남아 있고, 이별은 극적인 장면 대신 일상의 틈에서 조용히 스며든다. 남자와 여자는 서로를 소유하지 않으며, 이해조차 완전하게 도달하지 못한다. 대신 그들은 각자의 고독을 견디며, 고독이 남긴 흔적을 삶의 일부로 받아들인다. 이 절제된 태도가 시집 전반에 낮은 음조의 신뢰를 만든다.

시인의 시 세계는 여수 앞바다와 가막만이라는 구체적 공간에 닿아 있으면서도, 언제나 그 너머를 바라본다. 바다는 단순한 배경이 아니라 시간의 은유이며, 갯벌은 삶의 느린 리듬을 상징하는 장소다. 이 시집의 시편들은 그 공간 위에서 삶의 무게를 가볍게 만들지도, 과도하게 짓누르지도 않는다. 대신 살아 있다는 사실 자체를 오래 바라보게 만든다. 그것이 이 시집이 독자에게 제공하는 가장 깊은 휴식이다.

무엇보다 『가막만 남자 여자만 여자』 시를 통해 다시 삶으로 돌아가게 하는 시집이다. 관계의 실패를 실패로 규정하지 않고, 삶의 과정으로 받아들이는 태도는 성숙한 시인의 시선에서 비롯된다. 백이석 시인은 여전히 일상에서 시공간을 자유롭게 오가며 사유하고, 늦은 깨달음의 언어를 성실하게 길어 올리고 있다.

이 시집은 그 성실함이 낳은 결과물이며, 동시에 앞으로의 시 세계를 더욱 기대하게 만드는 이정표다.

가막만의 물결처럼 잔잔하지만 깊은 이 시 편들이 앞으로도 더 많은 독자의 삶에 닿기를 기대한다. 이미 충분히 자기만의 속도와 목소리를 지닌 시인이기에, 조급해질 이유도 없다. 시인의 시는 지금처럼 느리게, 그러나 분명하게 자신의 길을 걸어갈 것이다. 그 여정에 따뜻한 격려와 진심 어린 축하를 함께 보낸다.

가막만 남자, 여자만 여자

백이석 시집

초 판 인 쇄	|	2026년 3월 18일
발 행 일 자	|	2026년 3월 20일
지 은 이	|	백이석
펴 낸 이	|	김연주
펴 낸 곳	|	도서출판 성연
등 록	|	(등록 제2021-000008호)경남 창원
홈 페 이 지	|	https://cafe.daum.net/seongyeon2021
사 무 실	|	창원시 성산구 대원로 27번길10-1(시와늪문학관 내)
디 자 인	|	배선영
편 집 인	|	배성근
대 표 메 일	|	baekim2003@daum.net
전 자 팩 스	|	0504-205-5758
연 락 처	|	010-4556-0573
정 가	|	15,000원
제 어 번 호	|	ISBN: 979-11-991649-8-7(03800)

이 도서의 출판예정도서목록(CIP)은 979-11-991649-8-7(03800)

국립중앙도서관 서지정보유통지원시스템 홈페이지(http://seoji.nl.go.kr/)와
국가자료목록시스템(http://www.nl.go.kr/kolisnet)에서 이용할 수 있습니다.